•《《华东校外教育区域级重点课题》》•

中华传统文化教育系列丛书

中华传统诗文研习

（一）

王琳 张丽军 主编

山东教育出版社

图书在版编目（CIP）数据

中华传统诗文研习．一／王琳，张丽军主编．—济
南：山东教育出版社，2016
（中华传统文化教育系列丛书）
ISBN 978-7-5328-9332-4

Ⅰ．①中… Ⅱ．①王… ②张… Ⅲ．①古典诗歌—中
国—少儿读物 ②古典散文—中国—少儿读物 Ⅳ．①I211
中国版本图书馆 CIP 数据核字（2016）第 070107 号

责任编辑　李广军　宋　婷

制　　作　邢　丽

中华传统诗文研习　（一）

王　琳　张丽军　主编

主　管：山东出版传媒股份有限公司
出版者：山东教育出版社
　　　　（济南市纬一路321号　邮编：250001）
电　话：（0531）82092664　传真：（0531）82092625
网　址：www.sjs.com.cn
发行者：山东教育出版社
印　刷：山东海博印务有限公司
版　次：2016年5月第1版第1次印刷
规　格：787mm×1092mm　16开本
印　张：5.5印张
字　数：110千字
书　号：ISBN 978-7-5328-9332-4
定　价：29.00元

（如印装质量有问题，请与印刷厂联系调换）
印厂电话：0536—3501770

好奇兔

大森林里有一座漂亮的木头小楼，特别吸引动物们。

这便是远近闻名的"森林图书馆"，是林子里的"智多星"多思猫先生创办的。

多思猫是图书馆的馆长，学问大，爱思考。在大森林里，多思猫可受尊重啦，老虎和豹子都敬他三分。狐狸也谦虚地说："咱读书少，比起猫馆长，咱不过是有点小聪明而已。"

图书馆里还有一个人见人爱的图书管理员，叫好奇兔，他是多思猫的学生和助手，也是他最贴心的朋友。他们俩都是书迷，特别爱读中国的古书。这样一来，林子里的好多人，也都跟着读起了古书，还有些鸟兽整天在林子里吟诵诗文，叽里咕噜，念念有词。

多思猫

那么，就让我们悄悄走近图书馆，走近他们。瞧，他们正在讨论书中的问题呢。

目录

每个周末，好奇兔都要回家看望爸爸妈妈，并要带一份小礼物，有时是在路上采一束花，有时是画一幅画。临行前，多思猫总要叮嘱他：注意安全，注意安全！

好奇兔先后失去了三个兄妹，有一个是被大灰狼叼走了，还有两个是吃毒蘑菇死了。多思猫告诉好奇兔：人小的时候，安全最重要；保护好自己，是最大的孝。

「人之行莫大于孝」

1. 君子务本，本立而道生。孝弟也者，其为仁之本与！

——《论语》

2. 大孝尊亲，其次弗辱，其下能养。 ——《礼记》

3. 大孝终身慕父母。 ——《孟子》

第1课　孝为德本

子曰："夫孝，德①之本②也，教③之所由生④也。复坐，吾语⑤汝。身体发肤⑥，受之父母，不敢毁伤，孝之始⑦也。立身行道⑧，扬名⑨于后世，以显父母，孝之终⑩也。"

——《孝经》

注释

①德：品德、德行。②本：根本。③教：教化。④由生：由此产生。⑤语（yù）：告诉。⑥发肤：毛发、皮肤。⑦始：开始、起始。⑧立身行道：立身，处世、为人。行道，实践自己的主张或所学。有好的人格，实践自己所学。⑨扬名：传播名声。⑩终：终点。

字字珠玑

本　大篆（包括金文和籀文）本字由木字和根部添加一些笔画组成。木泛指树木，其他笔画表示根部。意思是说根是树木的生命本源。人们常说的"根本"，"本"字初义就是指树根。

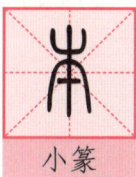

金文	籀（zhòu）文	小篆	隶书	楷书
夲	夲	夲	本	本

经典链接

孔子（前551—前479）名丘，字仲尼。山东曲阜人，春秋末期我国伟大的思想家、教育家、政治家，儒家学派创始人。小时候家境穷苦，长大后致力于教学，相传有三千学生，贤者七十多人，又曾周游列国，晚年致力于教育与文献整理。他被列为"世界十大文化名人"之首，其思想对我国乃至世界影响极为深远。

你言我语

好奇兔：猫哥哥，什么叫孝呀？

多思猫：兔子弟弟，孝就是尽心对爸爸妈妈好，顺从他们的心意。

好奇兔：可是，保护好自己的身体，与孝有什么关系呀？

多思猫：你想，你要是受伤了，爸爸妈妈会非常心疼，这就等于给他们造成了——嗯，造成了严重的伤害。还有就是，要是身体残疾了，还能有好的将来吗？又怎能回报爸爸妈妈呢？

嘉言善行

今天回家为父母做件力所能及的事情，下次讲给老师和小朋友们听。

第2课　怀橘献母

陆绩年六岁，于①九江见袁术。术出橘②，绩怀三枚③去④，拜辞⑤堕⑥地。术谓⑦曰："陆郎作宾客而怀橘乎?"绩跪答曰："欲归遗⑧母。"

——陈寿《三国志·吴书》

注释

① 于：在。② 橘（jú）：桔子。③ 枚（méi）：量词，个。④ 去：离开。⑤ 拜辞：行拜礼辞别。⑥ 堕（duò）：落；掉。⑦ 谓：说。⑧ 遗（wèi）：送给。

字字珠玑

年　甲金文年字，上部为禾符，下部为千符。禾符指谷禾，千符指收获搬迁。古代谷禾成长周期，一般都是一年一熟，熟后从地里收割运到屯里碾压，禾谷收割一茬就是物候的一年。

甲骨文	金文	小篆	隶书	楷书

经典链接

"前四史"是"二十四史"中的前四部史书，包括西汉司马迁的《史记》、东汉班固的《汉书》、南朝宋范晔的《后汉书》以及西晋陈寿的《三国志》。这四史是私家著述，写得比其余官方修史要精彩，它们的写法也影响了其他史书。

你言我语

好奇兔：这个人连吃带拿，还掉了一地，好没羞！

多思猫：他吃好东西的时候，心里想着妈妈，这在古人看来，是孝的表现。

好奇兔：现在的孩子再这么做就不好了。

多思猫：对，现在的小朋友不兴这样。拿人家的东西不好。

嘉言善行

回家问问爸爸、妈妈或家中其他亲人的生日是哪一天。动手在日历上做上标记。

第3课　黄香孝父

后汉①黄香事②父尽孝③。夏天暑热，扇凉其枕簟④；冬天寒冷，以身暖其被席。

——郭居敬《二十四孝》

注释

① 后汉：也叫东汉，历史上的一个朝代。② 事：侍奉。③ 尽孝：对父母尊长尽孝道。④ 枕簟（diàn）：簟，竹席。枕席，泛指卧具。

字字珠玑

天　甲骨文天字，下部为大符，大似站立的人。大字头上刻一口符，也有刻一或二横的，是指头顶的空间。天字本义指头顶上的天空。

甲骨文	金文	小篆	隶书	楷书

经典链接

《二十四孝》是元代郭居敬从中华民族众多孝子贤孙中选出二十四位有代表性的人物，根据他们的孝行编辑成的一本书。有虞舜、汉文帝、曾参、闵子骞、子路、董永、陆绩、黄庭坚等人。他们的事迹都特别感人。当然不同的时代有不同的孝，我们今天要奉行现代文明意义的"孝"。

你言我语

好奇兔：猫哥哥，现在有空调和电风扇，用不着这样尽孝了吧？

多思猫：想尽孝，有好多事情可以做。比如爸爸回家了，你递上一杯水；妈妈累了，你用小拳头给她捶捶背……

嘉言善行

回家帮助爸爸妈妈收拾碗筷，并请他们将收拾情况记录在小纸条上，下次带来交给老师。

第4课　武孟力学

zhào wǔ mèng shào ① yóu liè yǐ suǒ huò kuì ② qí mǔ mǔ qì ③
赵 武 孟，少 ① 游 猎，以 所 获 馈 ② 其 母，母 泣 ③

yuē rǔ bú hào shū ④ ér áo dàng ⑤ wú ān wàng ⑥ zāi bú wèi
曰："汝 不 好 书 ④ 而 敖 荡 ⑤，吾 安 望 ⑥ 哉？" 不 为

shí ⑦ wǔ mèng gǎn jī ⑧ suì lì xué ⑨ yān gāi shū jì ⑩
食 ⑦。武 孟 感 激 ⑧，遂 力 学 ⑨，淹 该 书 记 ⑩。

ōu yáng xiū děng xīn táng shū zhào yàn zhāo zhuàn
——欧 阳 修 等《新 唐 书·赵 彦 昭 传》

注释

① 少（shào）：小时候。② 馈（kuì）：赠送。③ 泣：哭。④ 好（hào）书：喜爱读书。⑤ 敖荡（áo dàng）：嬉游放荡。⑥ 安望：指望什么。⑦ 食（shí）：吃饭。⑧ 感激：感奋激发。⑨ 遂（suì）力学：于是努力学习。⑩ 淹该书记：精通文章、书信等。

字字珠玑

力　力颇像古代的犁形，上部为犁把，下部为耕地的犁头，古代称为"耒耜（lěi sì)，用人或牛马等牵引。犁能把坚硬的土地犁开。力字本义指力量。

甲骨文	金文	小篆	隶书	楷书

经典链接

六艺是古代教育学生的六种科目，指礼、乐、射、御、书、数。礼是礼仪，乐是音乐，射是射箭，御是驾车，书是识字，数是计算。也指儒家的六种经书，即《诗》《书》《礼》《乐》《易》《春秋》。

你言我语

好奇兔：小孩子打猎，不是什么好事。说不定打的是我们兔子呢！

多思猫：嗯，人小的时候呀，最好是"好书"。当个"小书迷"没什么不好。

好奇兔：可不是嘛，捧本书看，比老看电视、老玩电子游戏，都要好。

嘉言善行

回家给爸爸妈妈讲一个你看过的或记住的故事。

第5课 诗经·小雅·蓼莪

fù xī shēng wǒ　mǔ xī jū　wǒ　fǔ　wǒ xù wǒ zhǎng
父兮生我，母兮鞠①我。拊②我畜③我，长④

wǒ yù　wǒ gù　wǒ fù　wǒ chū rù fù wǒ
我育⑤我。顾⑥我复⑦我，出入腹⑧我。

shī jīng　xiǎo yǎ　lù é
——《诗经·小雅·蓼莪⑨》

注释

① 鞠（jū）：养育，爱。② 拊：抚。③ 畜（xù）：养育。④ 长（zhǎng）：喂大、喂养。⑤ 育：教育。⑥ 顾：照顾。⑦ 复：庇护。⑧ 腹：抱在怀里。⑨ 蓼莪（lù é）：蓼，高大；莪，植物名。

字字珠玑

生 春雨过后，天气回暖，地面很快就会长出嫩嫩的草芽。最初的生字像小草从地面上长出。生字本义就是露头长出节节升高的意思。

甲骨文	金文	小篆	隶书	楷书

经典链接

《诗经》是我国最早的诗歌总集，共有305篇诗歌，分为《风》《雅》《颂》三部分。《风》是各地区的民歌，有十五国风；《雅》是朝廷地区的音乐，分《大雅》《小雅》；《颂》是宗庙祭祀的音乐，有《周颂》《鲁颂》《商颂》。《诗经》内容丰富，是当时社会的一面镜子，对后世影响极大。

你言我语

多思猫：兔子弟弟，回家后，把在这里学到的那些歌，唱给爸爸妈妈听，好吗？

好奇兔：猫哥哥，你说的是那几首歌颂父亲母亲的歌吗？

多思猫：对。父母的恩德，我们要说出来，唱出来。

嘉言善行

对爸爸妈妈说一声"我爱你"吧，不要不好意思啊。

漂亮宽敞的图书馆，有些时候人不多。多思猫和好奇兔为了让大家常来借书读书，就经常在楼上搞活动。前不久，他们举办了一次讲座，主题是关于礼让。多思猫带头演讲，启发大家互敬互爱，礼让待人。他讲了林子里发生的一些不好的事情，比如小狼爱抢别人的东西吃，狐狸耍花招骗人等等，讲得小狼和狐狸都低下了头。讲座过后，大家都学得彬彬有礼了，连平日最调皮的猴子和最没礼貌的野猪，也一天比一天有修养了。

第二单元

「敬人者人恒敬之」

1. 吾日三省吾身：为人谋而不忠乎？与朋友交而不信乎？传不习乎？ ——《论语》

2. 老者安之，朋友信之，少者怀之。 ——《论语》

3. 君子莫大乎与人为善。 ——《孟子》

第6课　程门立雪

yáng shí yòu jiàn chéng yí yú luò
杨 时 又 见 程 颐 于 洛①，
shí gài nián sì shí yǐ
时 盖②年 四 十 矣。

yí rì jiàn yí　yí ǒu míng zuò
一 日 见 颐，颐 偶 瞑③坐，
shí yǔ yóu zuò shì lì bú qù
时 与 游 酢④侍 立⑤不 去，

yí jì jué　zé mén wài xuě shēn yì chǐ yǐ
颐 既 觉⑥，则 门 外 雪 深 一 尺 矣。

tuō tuō děng　sòng shǐ　yáng shí zhuàn
——脱 脱 等《宋 史·杨 时 传》

注释

① 于洛：在洛阳。② 盖：大约。③ 瞑（míng）：闭眼。④ 游酢（zuò）：人名。⑤ 侍（shì）立：恭顺地站立在旁边伺候。⑥ 既觉（jué）：已经睡醒。

字字珠玑

立　立字上部为大符，像站立的人，下部一横是地面。立字本义指在地面上站立。

甲骨文	金文	小篆	隶书	楷书

经典链接

程颐（1033—1107）是宋代的大学问家，哥哥程颢（1032—1085）也很有学问，兄弟俩同为北宋著名的理学家和教育家，人称"二程"。他二人还有后来的大学者朱熹，创立了对后世影响极大的"程朱理学"。

杨时与游酢等并称程门高弟，杨时中进士后没有去做官，仍然拜程颢为师，他刻苦学习，孜孜不倦。学成回归时，程颢目送他远去，曾感慨地说："吾道南矣！"杨时被后人尊为"闽学鼻祖"。

你言我语

好奇兔：这当老师的架子不小。要是我，哼，就上前把他叫醒。

多思猫：古人是很重视礼节的，拜见老师要非常恭敬。

嘉言善行

学习完这个小故事，请为老师画张画或制作一个简单的小礼物吧。

第7课　孔融让梨

kǒng róng sì suì　yǔ xiōng shí① lí　zhé② yǐn③ xiǎo zhě　rén
孔　融　四　岁，与　兄　食①　梨，辄②　引③　小　者。人

wèn qí gù④　dá yuē　xiǎo ér fǎ dāng　qǔ xiǎo zhě
问　其　故④，答　曰："小　儿　法　当⑤　取　小　者。"

kǒng róng bié zhuàn
——《孔　融　别　传》

注释

① 食：吃。② 辄（zhé）：总是。③ 引：拿。④ 故（gù）：原因。⑤ 法当：应当。

字字珠玑

小　甲骨文小字作三个散点状，像小米、沙等细微的颗粒。小字本义指形体、空间规模不大的小东西。

		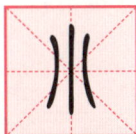		
甲骨文	金文	小篆	隶书	楷书

经典链接

孔融是东汉文学家，孔子的后代，"建安七子"之一。

"建安七子"是指孔融、陈琳、王粲、徐幹（gàn）、阮瑀（yǔ）、应场（yáng）、刘桢七个人。他们生活在建安时代，写了许多具有鲜明艺术特色的诗文。

孔融是"七子"中年龄最大的，能诗善文，散文最佳。他喜欢喝酒、交朋友，后因触怒曹操被其所杀。

你言我语

好奇兔：现在的人，可没有这么多兄弟。但我们兔子，兄弟姊妹还是很多的。

多思猫：这个故事并不过时，它的意思，主要是两个字：礼让。

好奇兔：不是"让梨"吗？怎么变成"梨让"了？

多思猫：别打岔！礼让，是对自我的约束，对他人的关爱。

嘉言善行

回家把"孔融让梨"的故事讲给家人听。

第8课　张英让地

zhāng wén duān gōng① jū zhái páng yǒu xì dì② yǔ wú shì lín
张 文 端 公① 居 宅 旁 有 隙 地②，与 吴 氏 邻，

wú shì yuè③ yòng zhī jiā rén chí shū yú dū④ gōng pī shī⑤ yú hòu
吴 氏 越③ 用 之。家 人 驰 书 于 都④，公 批 诗⑤ 于 后

jì guī⑥ yún yì zhǐ shū lái zhǐ wèi qiáng ràng tā sān chǐ yòu hé
寄 归⑥，云："一 纸 书 来 只 为 墙，让 他 三 尺 又 何

fáng cháng chéng wàn lǐ jīn yóu⑦ zài bú jiàn dāng nián qín shǐ huáng
妨。长 城 万 里 今 犹⑦ 在，不 见 当 年 秦 始 皇。"

wú shì wén⑧ zhī gǎn fú⑨ yì ràng sān chǐ
吴 氏 闻⑧ 之 感 服⑨，亦 让 三 尺。

yáo yǒng pǔ jiù wén suí bǐ
——姚 永 朴《旧 闻 随 笔》

注释

① 张文端公：即张英，清代名臣、文学家。② 隙地：空着的地方。③ 越：越过。④ 驰（chí）书于都（dū）：都，首都、京城。急速送信到都城。⑤ 批诗：写诗。⑥ 寄归：寄回来。⑦ 犹：还。⑧ 闻：听说。⑨ 感服：感动而悦服。

字字珠玑

让　有座请别人先坐，品茶请别人先喝，吃东西请别人先尝，这都是让。让是一种美德。篆隶和繁体楷书让字左部为言符，右部是襄符。言符表示说话，襄有包容客气的意思。让就是不争，把方便好处让给别人。简化字让，右边作上。

19

金文	小篆	隶书	楷书(繁)	楷书

经典链接

　　秦始皇嬴政灭掉六国，建立了中国历史上第一个统一的封建国家。他自称"始皇帝"，加强中央集权，统一文字、货币、度量衡等，他还焚书坑儒。为了抵抗外族的侵略，他修筑了长城，这就是著名的"万里长城"修筑史的开端。万里长城是中华民族的骄傲。

你言我语

　　多思猫：咱林子里的人呀，都应该学学人家。都宽容一点，都懂得礼让，事情就好办了。

　　好奇兔：哎，猫哥哥，他们都让出三尺，那中间不就空出六尺了吗？

　　多思猫：是啊，空出的六尺，形成一条巷子，叫"六尺巷"。这在当时是一段佳话呢。

嘉言善行

　　请家长给你讲讲是如何与邻居家友好相处的。快拿抹布把你家和邻居家门口之间的楼梯擦干净吧。

第9课　曹节不争

邻人有亡豕①者，与节豕相类②，诣③门认④
之，节不与争⑤。后所亡豕自还⑥其家，豕主
人大惭，送所认豕，并辞谢⑦节。节笑而受⑧之。

——司马彪《续汉书》

注释

① 亡豕（shǐ）：丢失的猪。② 相类：相近似。③ 诣（yì）：到。④ 认：认识，辨别。⑤ 争：争执，争论。⑥ 还（huán）：回来，返回。⑦ 辞谢：道歉。⑧ 受：接受。

字字珠玑

争　一个小孩在玩东西，另一个小孩感兴趣，常常会用手去抢。篆书争字，下部就像一个人手握着东西，上部像另一个人伸手夺取。争就是夺取的意思。

甲骨文	金文	小篆	隶书	楷书

经典链接

十二生肖，又叫十二属相，十二生肖是十二地支的形象化表示，即子鼠、丑牛、寅虎、卯兔、辰龙、巳蛇、午马、未羊、申猴、酉鸡、戌狗、亥猪。

你言我语

好奇兔：那家的猪要是一直没回来，他还能把曹节的猪送回来吗？

多思猫：是啊。曹节知道不太容易说清楚，所以不争。

好奇兔：嗯，生活中很多时候都有理说不清。要避免矛盾，最好是别争，别激动。

嘉言善行

回家和爸爸妈妈找一个关于"十二生肖"的故事吧，下次来讲给小朋友们听。

第10课　九月九日忆山东兄弟

dú zài yì xiāng wéi yì kè měi féng jiā jié bèi sī qīn
独①在异乡②为异客，每逢③佳节倍④思亲。

yáo zhī xiōng dì dēng gāo chù biàn chā zhū yú shǎo yì rén
遥知⑤兄弟登高处，遍插茱萸⑥少一人。

wáng wéi jiǔ yuè jiǔ rì yì shān dōng xiōng dì
——王维《九月九日忆山东⑦兄弟》

注释

① 独：一个人。② 异乡：外地。③ 逢：遇到。④ 倍：加倍。⑤ 遥知：在远方知道。⑥ 茱萸：植物名。香气辛烈，可入药。古俗农历九月九日重阳节，佩茱萸能祛邪辟恶。⑦ 山东：指华山以东。

字字珠玑

思 　篆书思字上部像大脑外壳的囟门，下部是心符。大脑的功能就是用心思考。思字本义指用头脑考虑、用心灵感受。

金文	小篆	简书	隶书	楷书

经典链接

农历九月九日的月份和日期都是九，所以叫重九，又因九为阳数，故称重阳节；这天一般登高，又叫登高节，又要佩戴茱萸，又叫茱萸节。时值菊花盛开，"菊酒"谐音"九九"，所以饮菊酒。"九九"谐音"久久"，所以此日又有祈寿与敬老的意思。现在我们国家把九月九日定为老人节。尊敬老人是中华民族的传统美德。

你言我语

多思猫：这诗啊，真让人感动。他不写我想他们，偏写他们想我。

好奇兔：嗯，他写的是兄弟们的感觉，少了一个人，心里不痛快。

多思猫："独"和"倍"这两个字，一读就感觉孤独。还有两个"异"字，很有意思。

好奇兔：哎，猫哥哥，我在你们猫群里，也算是"异乡客"吧？

嘉言善行

你知道你爷爷、奶奶、姥姥、姥爷的生日吗？不知道的话，问一下，记下来吧，记得要区别是阴历还是阳历哟，不要搞错啊。

图书馆有时还会在夜晚的楼前举办活动，大家在草地上玩耍十分开心。春天的晚上举办音乐会，动物们吹拉弹唱，各显其能。夏天的晚上举办舞会，还提供免费的水果和汽水，这里便成了森林里最热闹的地方。秋天的晚上举办诗歌朗诵会，不同语调的朗诵声，伴着溪水流淌的声音在林子里回荡，很多虫子也来参加吟唱。

第三单元

「一年好景君须记」

1. 昔我往矣，杨柳依依。今我来思，雨雪霏霏。

——《诗经》

2. 冠者五六人，童子六七人，浴乎沂，风乎舞雩，咏而归。

——《论语》

3. 山林与！皋壤与！使我欣欣然而乐与！ ——《庄子》

第11课　惠风和畅

是日①也，天朗气清，惠风和畅②。仰观③宇宙之大，俯察④品类⑤之盛⑥，所以游目骋怀⑦，足以⑧极视听之娱⑨，信⑩可乐也。

——王羲之《兰亭集序》

注释

① 是日：这天。② 惠风和畅：和风温和舒畅。③ 仰观：抬头观看。④ 俯察：俯首察看。⑤ 品类：万物。⑥ 盛：丰富，多。⑦ 所以游目骋怀：所以，用来、用以。用来纵目观望，舒展胸怀。⑧ 足以：完全可以。⑨ 极视听之娱：穷尽眼看、耳听的乐趣。⑩ 信：确实。

字字珠玑

和　篆书和字由禾符和口符组成，禾为声符，表示读音，口符是龠（yuè）符的省略。龠是古代的一种竹制口吹乐器，用以谐调共振乐音。和字本来意思指协调不同声音。

金文	小篆	简书	隶书	楷书

经典链接

《兰亭集序》是东晋王羲之的散文名篇。东晋永和九年（353）三月三日，王羲之与谢安、孙绰等四十一人在浙江山阴（今天绍兴）兰亭聚会，众人作诗，王羲之为他们的诗写了此序。此序介绍了当时的"修禊"风俗及兰亭山水的清幽俊丽、聚会时的欢乐畅快，同时也有一点感伤。

《兰亭集序》还是一幅著名的书法作品，是王羲之的得意之作。其笔法、结构、章法都很完美，正文二十个"之"字再加上落款一"之"字姿态各异，历来被称为"天下第一行书"。原本早已失传，现在留传的都是临摹本。

你言我语

好奇兔：猫哥哥，今天咱们林子里，也是"天朗气清，惠风和畅"啊！

多思猫：嗬，不错不错，兔子弟弟，你会"活学活用"了。

好奇兔：哪里哪里，我这是"现学现卖"。

多思猫：挺好，挺好，卖上一两次，你就忘不了啦。

嘉言善行

双休日和爸爸妈妈一起找春天，画一幅"美丽的春天"主题画。

第12课　黄泥冈上

杨志①把朴刀插在地上，自去一边树下坐了歇凉。没半碗饭时，只见远远地一个汉子，挑着一副担桶，唱上冈子来。唱道："赤日炎炎②似火烧，野田禾稻半枯焦。农夫心内如汤煮，楼上王孙把扇摇。"

——施耐庵《水浒传》

注释

① 杨志：梁山好汉之一，绰号青面兽。② 炎炎：灼热。

字字珠玑

火　火有人工火，有天然火，火山喷出的火是天然火，古人对火性是特别熟悉的。篆书火字像火焰升腾的样子。

甲骨文	金文	小篆	隶书	楷书

经典链接

　　《水浒传》是我国第一部以农民起义为题材的长篇章回体白话小说，是中国古代小说四大名著之一。小说记述了一百零八位好汉打抱不平的故事。其中鲁智深、武松、李逵等人的故事更是在民间广泛流传。

你言我语

　　好奇兔：这歌词写得，挺有故事啊！

　　多思猫：前两句，写人间的痛苦；后两句，写人间的不平等。

　　好奇兔：正是正是。"官逼民反"的节奏嘛。

　　多思猫：写景，有时就是写人的情绪。

嘉言善行

　　喜欢《水浒传》吗？今晚让爸爸妈妈给你讲讲里面的故事吧。如果你还没有《水浒传》，那就快请爸爸妈妈帮你买一本。

第13课 长亭送别

bì yún tiān huáng huā dì xī fēng jǐn běi yàn nán fēi
碧云天①，黄花地②，西风紧③，北雁④南飞。
xiǎo lái shuí rǎn shuāng lín zuì zǒng shì lí rén lèi
晓来谁染 霜林醉⑤？总是⑥离人⑦泪。

wáng shí fǔ xī xiāng jì
——王实甫《西厢记》

注释

① 碧云天：碧绿的云天。② 黄花地：黄花，黄色的花，也指菊花。黄色的花落满大地。③ 西风紧：西风，秋风。紧，猛烈。秋风刮得猛烈。④ 北雁：候鸟之一，每年秋分后由北方向南飞。⑤ 晓来谁染霜林醉：晓来，天亮时。霜林醉，树叶变红像喝醉酒一样。天亮时是谁把树叶染得红红的，如同醉了一样。⑥ 总是：全都是。⑦ 离人：离别的人。

字字珠玑

风　风字左部为凤象形，凤即孔雀，孔雀开屏，似大蒲扇，摇动则生风。风是空气流动的自然现象，风字本义指能够吹动物体但看不见的气流。

甲骨文	小篆	隶书	楷书(繁)	楷书
𩙙	鳳	風	風	风

经典链接

《西厢记》是元代王实甫创作的一部著名戏剧。主要人物有张生、莺莺、红娘、老夫人等。主要讲述张生与莺莺在红娘的帮助下，有情人终成眷属的故事。"红娘"也成为媒人的代名词，流传到今天。

你言我语

多思猫：这么美妙的句子，应该背下来。

好奇兔：是啊，必须背下来。到了秋天，咱林子里正是这般景象呢。

多思猫：呵呵，"这般景象"，兔子弟弟学得文绉绉的了。

嘉言善行

回家与爸爸妈妈讨论什么是候鸟？你知道的鸟，哪些是候鸟？下次和小朋友们互相交流分享。

第14课　三顾茅庐

xuán dé tóng guān　　zhāng yǐn shí shù rén　　qián fù　lóng zhōng
玄德同关 、张引十数人①，前赴②隆中，

qiú fǎng kǒng míng　　xíng bú shù lǐ　hū rán shuò fēng lǐn lǐn　　ruì
求访孔明④。行不数里，忽然朔风凛凛⑤，瑞

xuě fēi fēi　　shān rú yù cù　　lín sì yín zhuāng
雪霏霏⑥；山如玉簇⑦，林似银妆⑧。

luó guàn zhōng　sān guó yǎn yì
——罗贯中《三国演义》

注释

① 玄德同关、张引十数人：玄德，刘备。关，关羽。张，张飞。引，带领。
② 赴：到。③ 隆中：山名。在湖北省襄阳市，临汉水。东汉末，诸葛亮隐居于此。
④ 求访孔明：求访，寻觅探访。孔明，诸葛亮的字。⑤ 朔风凛凛：朔风，北风，
寒风。凛凛，寒冷。⑥ 瑞雪霏霏：瑞雪，应时好雪。霏霏，大。⑦ 簇：聚集。
⑧ 妆：装饰。

字字珠玑

雪　甲骨文雪字上部是雨点，表示从天空落下来，下部是羽毛。从天空落下来像羽毛一样的东西是什么呢？是雪花。雪字初义就是指纷纷下落的雪花。

| 甲骨文 | 小篆 | 简书 | 隶书 | 楷书 |

经典链接

古代的人有名有字。古时一般认为婴儿出生三个月后由父亲命名，男子二十岁举行加冠礼取字，女子十五岁举行加笄（jī）礼取字。名与字是有联系的，如诸葛亮字孔明，亮就是明的意思。

你言我语

好奇兔：这里写的，不是咱林子里冬天的景色嘛！

多思猫：没错，林子里下大雪时，就这样。兔子弟弟，读书之乐，在于共鸣呀。

好奇兔：猫哥哥，什么叫共鸣呀？

多思猫：就是想法一样。他说到你心坎上了，你的感觉就叫共鸣。

嘉言善行

回家与爸爸妈妈来个三国人物大讨论，看看谁知道的人多、事多。

第15课　诗经·豳风·七月

wǔ yuè ① sī zhōng dòng gǔ ② liù yuè suō jī ③ zhèn yǔ ④ qí yuè
五月①斯螽动股②，六月莎鸡③振羽④，七月
zài yě ⑤ bá yuè zài yǔ ⑥ jiǔ yuè zài hù ⑦ shí yuè xī shuài rù
在野⑤，八月在宇⑥，九月在户⑦，十月蟋蟀入
wǒ chuáng xià
我床下。

shī jīng bīn fēng qī yuè
——《诗经·豳风·七月》

注释

①　五月：指夏历五月。下文的六月、七月等均指夏历。②　斯螽（zhōng）动股：斯螽，也称螽斯，蝗虫一类的昆虫，振动翅膀能发出声音，古人误以为它们是摩擦两腿而发声的。动股，振动大腿。③　莎（suō）鸡：小虫子名。又名络纬。俗称纺织娘、络丝娘。④　振羽：振动翅膀而发出声音。⑤　野：野地、野外。本句及以下三句的主语都是蟋蟀。⑥　宇：屋檐。⑦　户：门。

字字珠玑

月　夜晚的月亮有圆缺变化，十五、十六月满盈，其他时间则虚缺，缺时多圆时少，于是古人以残月代表月亮。月字是月亮的象形。

甲骨文	金文	小篆	隶书	楷书

经典链接

　　蟋蟀是一种常见的昆虫。黑褐色，触角很长，后腿粗大，善于跳跃。雄的善鸣，好斗，也叫促织。在中国传统文化中，蟋蟀已经物化为一种特定的意象，成为游子思乡等感情的化身，与蝉、蚕、萤火虫等都是常常被诗人吟诵的对象。

你言我语

　　好奇兔：嘿，天越冷，蟋蟀离人越近。是找暖和地儿吧？

　　多思猫：对。这诗句呀，真有诗味儿。简简单单，却写出了四季的变换。

　　好奇兔：嗯嗯，真好诗也！我已经能背下了。

嘉言善行

　　家里养过哪些动物植物？好好照料它们吧，它们是我们的朋友。

冬天到了，大雪覆盖了森林，道路也被大雪盖住了。

多思猫说："这是最适合读书的季节！"于是大家都蜷在各自的家里读起了书。

一个冬天，好奇兔学到了不少东西，除了从书本上学，还注意学习生活技能。像叠被子、洗衣服、钉扣子这样的本领，都是跟猫哥哥学的。

好奇兔还学会了滑雪，出门办事或者回家，来去可快了。这不，刚说完"再见"或者"我走了"，兔子就已经到远处的山头上了。

第四单元

「天生我材必有用」

1. 士不可以不弘毅，任重而道远。 ——《论语》

2. 如欲平治天下，当今之世，舍我其谁也？ ——《孟子》

3. 路曼曼其修远兮，吾将上下而求索。 ——《离骚》

第16课　陈涉鸿鹄志

陈涉少时①，尝与人佣耕②，辍耕之垄上③，怅恨久之④，曰："苟富贵，无相忘⑤。"佣者笑而应曰⑥："若为佣耕，何富贵也⑦！"陈涉太息⑧曰："嗟乎，燕雀安知鸿鹄之志哉⑨！"

——司马迁《史记·陈涉世家》

注释

① 陈涉少时：陈涉，秦朝末年起义军的领袖。少时，小时候。陈涉小时候。
② 尝与（yǔ）人佣耕：尝，曾经。与，为、替。佣耕，受雇耕田。曾经受雇为人家耕田。③ 辍（chuò）耕之垄上：辍，停止。之，到。垄，田埂。④ 怅恨久之：惆怅怨恨了半天。⑤ 苟富贵，无相忘：苟，假如。无，不要。假如以后富贵了，不要彼此忘记。⑥ 佣者笑而应曰：佣者，受雇的人。应（yìng），回答。受雇的同伴笑着回答说。⑦ 若为佣耕，何富贵也：若，你。何，怎么。你受雇耕田，怎么能富贵呢。⑧ 太息：大声长叹，深深地叹息。⑨ 燕雀安知鸿鹄之志：燕雀，燕与雀，指小鸟。鸿鹄，天鹅。燕与雀这些小鸟怎么知道天鹅的远大志向。

字字珠玑

志　篆书志字，上部为止，下部作心。止是前往的意思，心是心里。事情走到心里去，就忘不了。志字本来意思是把某种东西时时刻刻记在心里。

金文	小篆	简书	隶书	楷书

经典链接

《史记》是西汉时期我国伟大的史学家司马迁撰写的一部纪传体通史。它上起传说中的黄帝，下至汉武帝时代。全书由本纪、表、书、世家、列传五部分组成。它不但是史学名著，也是文学名著。鲁迅先生称赞它"史家之绝唱，无韵之离骚"。

你言我语

好奇兔：有的人天生胸有大志，但大多数人是胸无大志。

多思猫：是啊，就像咱林子里，老鹰少，小鸟多！

好奇兔：猫哥哥，那你说，胸有大志好，还是胸无大志好呢？

多思猫：当然是胸有大志好啦！要有出息，至少要敢想，要有不一般的想法。

嘉言善行

回家与爸爸妈妈说一下自己的梦想，从今天开始为实现自己的梦想加油吧。

第17课　王戎知苦李

wáng róng qī suì cháng yǔ zhū xiǎo ér yóu
王 戎 七 岁，尝 与 诸 小 儿 游①。
kàn dào biān lǐ shù
看 道 边 李 树
duō zǐ zhé zhī zhū ér jìng zǒu qǔ zhī wéi róng bú dòng rén
多 子 折 枝②。诸 儿 竞 走③取 之，唯④戎 不 动。人
wèn zhī dá yuē shù zài dào biān ér duō zǐ cǐ bì kǔ lǐ
问 之，答 曰："树 在 道 边 而 多 子，此 必 苦 李。"
qǔ zhī xìn rán
取 之⑤，信 然⑥。

liú yì qìng shì shuō xīn yǔ yǎ liàng
——刘 义 庆《世 说 新 语·雅 量》

注释

① 尝与诸小儿游：尝，曾经。诸，众。曾经和许多小孩子一起玩耍。② 折枝：使树枝折，压弯树枝。③ 竞走：争着跑去。④ 唯：只有。⑤ 取之：拿来品尝。⑥ 信然：确实如此。

字字珠玑

篆书走字，下部是止，表示行走，上部像双臂前后摆动奔跑的样子。走字本义指用力向前跑动。

金文	小篆	简书	隶书	楷书
走	走	走	走	走

经典链接

　　竹林七贤是指三国魏晋时阮籍、嵇康、山涛、王戎、向秀、阮咸、刘伶七人，也称"竹林七子"。阮、嵇的名声最大。

　　王戎小时候很聪明，他的眼睛能长时间盯着太阳看而不目眩。他有许多有趣的故事。他家有一棵好吃的李树，他拿李子到市场上去卖，可是害怕别人得到了种子，于是就把李子的核全部取了出来。

你言我语

　　好奇兔：这个人挺有心眼儿，他知道用自己的脑子想事情。

　　多思猫：对，见解与众不同。

　　好奇兔：不自己琢磨事，就容易随大溜啊。

嘉言善行

　　有些树结的果实是不能吃的。快向爸爸妈妈请教一下为什么不能吃吧。

第18课　童区寄脱身

jì wěi ér tí　kǒng lì　wéi ér héng zhuàng　zéi yì zhī
寄伪儿啼①，恐栗②，为儿恒状③，贼易之④，

duì yǐn jiǔ zuì　　yì rén qù wéi shì　　yì rén wò　zhí　rèn dào shàng
对饮酒醉。一人去为市⑤，一人卧，植⑥刃道上。

tóng wēi sì　qí shuì　yǐ fù bèi rèn　lì xià shàng　dé jué
童微伺⑦其睡，以缚背刃⑧，力下上，得绝⑨。

liǔ zōng yuán　tóng ōu jì zhuàn
——柳宗元《童区寄传》

注释

① 寄伪儿啼：寄，一个叫区（ōu）寄的小男孩。伪，假装。区寄假装像小孩子一样啼哭。② 恐栗：恐惧战栗。③ 为儿恒状：恒状，常态。做出儿童常有的样子。④ 易之：轻视他。⑤ 为市：做买卖，这里是去找买主。⑥ 植：插。⑦ 微伺：暗中伺察。⑧ 以缚背刃：缚，绑手的绳子。把绑手的绳子对着刀刃。⑨ 得绝：绳子断了。

字字珠玑

儿　篆书儿字，下部是侧身人符，上部是口符内左右有两颗牙的象形。幼儿是长牙换牙的时期，先长乳牙，再换恒牙。儿字本义指长牙换齿阶段的孩童。

兒	兒	兒	兒	儿
金文	小篆	简书	隶书	楷书

经典链接

　　唐宋八大家是指唐代的韩愈、柳宗元和宋代的欧阳修、王安石、苏洵、苏轼、苏辙、曾巩八人，他们的散文都写得很好。课文作者柳宗元是当时的文坛领袖，他创作了大量脍炙人口的名篇。

你言我语

　　好奇兔：那两个贼人，没想到小孩也能干大事。

　　多思猫：可不是嘛！这小孩有胆有识，了不起！关键是遇事不慌。

　　好奇兔：要是光知道害怕，光会哭，那就完了。

嘉言善行

　　要熟练背出家庭地址及爸爸妈妈的联系方式哟，如果你还没有记住的话，晚上回家问一下吧。

第19课　司马光砸瓮

群儿戏于庭，一儿登瓮①，足跌没水中②，众皆弃去③，光持石击瓮破之，水迸④，儿得活。

——脱脱等《宋史·司马光传》

注释

① 登瓮（wèng）：登上水缸。② 足跌没（mò）水中：足跌，脚跌落。没，沉没。脚一滑，就掉进水中沉没了。③ 弃去：丢下落水儿童而逃。④ 水迸（bèng）：水流出。

字字珠玑

水　甲骨文水字由正或反乀符加水点符组成。乀符像水从高处奔流下来的样子。水从高处往低处流，这是水性。水字本义指流水。

甲骨文	金文	小篆	隶书	楷书

经典链接

司马光字君实，今山西夏县人，北宋史学家、文学家。他的学问渊博，主持编写了中国第一部编年体通史巨著《资治通鉴》，皇帝认为此书"鉴于往事，有资于治道"，所以命名为《资治通鉴》。

你言我语

好奇兔：司马光真聪明，真有办法，真了不起！

多思猫：是啊，即使是大人，想出这样的办法也不容易。

好奇兔：他知道人比瓮重要，所以敢砸。

多思猫：还是那个说法，有胆有识。

嘉言善行

与爸爸妈妈说说为什么说"水火无情"。

第20课　望岳

岱宗夫如何①，齐鲁青未了②。造化钟神秀③，阴阳割昏晓④。

荡胸生层云⑤，决眦入归鸟⑥。会当凌绝顶⑦，一览众山小。

——杜甫《望岳》

注释

① 岱宗夫（fú）如何：岱宗，泰山。夫，助词，无义。如何，怎么样。五岳之首的泰山什么样子啊。② 齐鲁青未了：泰山绵绵的青色远远超出了齐鲁大地。③ 造化钟神秀：造化，大自然。钟，聚集，集中。神秀，神奇秀美的风景。大自然在这里聚集了神奇秀美的风景。④ 阴阳割昏晓：阴阳，山南为阳，山北为阴。割，分割。昏晓，昼和夜。泰山将天地分割成黄昏与早晨。⑤ 荡胸生层云：荡胸，心胸激荡。泰山云层迭起，激荡胸襟。⑥ 决眦（zì）入归鸟：决眦，裂开眼眶，极目远视。极目远视，归巢的鸟儿进入视野之内。⑦ 会当凌绝顶：会当，一定要。凌，登上。一定要登上泰山最高峰。

字字珠玑

山　山有群山，有孤山。群山连绵，孤山独立。篆书山字由三个山峰组成，三是虚指，表示多。山字本义指连绵的群山。

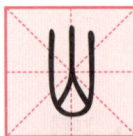

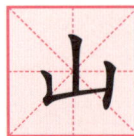

| 甲骨文 | 金文 | 小篆 | 隶书 | 楷书 |

经典链接

五岳分别是东岳泰山、西岳华山、南岳衡山、北岳恒山、中岳嵩山。这五座名山不但自然风景美丽，而且历史文化底蕴深厚，都是享有国际声誉的名山。

你言我语

多思猫：好诗，好诗，真有气势！

好奇兔：这诗，最适合在高高的山顶上朗诵。

多思猫：说得对啊！兔子弟弟，明天我们爬山去！

嘉言善行

好好表现，让爸爸妈妈带你去爬山，领略祖国的大好河山，并锻炼你的意志。

多思猫夜里不但要提防老鼠，还天天熬夜读书。好奇兔认为这对健康不利，他建议多思猫早睡早起，每天坚持晨练。不管多思猫同意不同意，一到早晨，好奇兔就把多思猫的屋门敲得"咚咚"响，还喊着："懒猫懒猫，起床啦！"多思猫只好打着哈欠爬起来，和兔子一起做操，跑步。

　　傍晚，他们俩也要围着图书馆走几圈，或者在林子里荡秋千，打太极拳。

　　他们冬练三九，夏练三伏，身体越来越棒。

　　好奇兔羡慕多思猫的武功，多思猫就教了他几招。聪明的好奇兔一学就会。多思猫欣喜地称他为"不好对付的兔子"。

第五单元

「天地之大德曰生」

1. 君子食无求饱，居无求安，敏于事而慎于言。

——《论语》

2. 一箪食，一瓢饮，在陋巷。人不堪其忧，回也不改其乐。

——《论语》

3. 饭疏食饮水，曲肱而枕之，乐亦在其中矣。——《论语》

第21课　慎言节饮食

shān xià yǒu léi①　yí　jūn zǐ yǐ shèn yán yǔ②　jié yǐn shí③
山 下 有 雷①，颐。君 子 以 慎 言 语②，节 饮 食③。

zhōu yì
——《周 易》

注释

① 山下有雷："颐"卦的卦象，震下艮上，雷下山上。② 慎言语：谨慎言语。③ 节饮食：节制饮食。

字字珠玑

 动物都要吃食物，否则就要饿死。最初的食字，下部是食物，上部口符朝下，意即用口吃食物。食字本义指吃东西，也指吃的东西，即食物。

甲骨文	金文	小篆	隶书	楷书

经典链接

《周易》又名《易经》，为六经之首，以前被认为是算命的书，其实它是充满了智慧的一部奇书。它共有六十四卦，六十四卦从八卦演化而来，八卦的每一卦由三个爻组成，爻分为阳爻"—"与阴爻"――"。

你言我语

好奇兔：猫哥哥，这说的是什么意思啊？

多思猫：这个嘛，大意是说，做一个正经好人，不要乱说话，吃喝方面也要有节制。

嘉言善行

回家与家人说一说吃饭不宜吃太饱，你自己一定努力做到啊。

第22课　华佗五禽戏

佗语①普曰：“吾有一术，名五禽之戏。一曰虎，二曰鹿，三曰熊，四曰猿，五曰鸟，亦以除疾，并利蹄足②，以当导引③。体中不快④，起作一禽之戏，沾濡汗出⑤，因上著粉⑥，身体轻便，腹中欲食。”普施行⑦之，年九十余，耳目聪明，齿牙完坚。

——陈寿《三国志·华佗传》

注释

① 语（yù）：告诉。② 并利蹄足：并且有利于腿脚。③ 以当导引：导引，导气引体，一种养生术。用它作为导引术。④ 不快：不适，有病。⑤ 沾濡汗出：汗水把全身浸湿了。⑥ 著粉：扑粉，向身体上洒一些保健用的粉。⑦ 施行：实行。

字字珠玑

戏

金文戏字，右部为戈符，左上为虎头符，左下部为鼓形。这很容易让人们联想到击鼓、舞戈、耍老虎的街头马戏场景。戏字本义指斗兽表演活动。

| 金文 | 小篆 | 隶书 | 楷书(繁) | 楷书 |

经典链接

华佗，字元化，沛国谯（qiáo）县人，东汉末年著名的医学家。他医术全面，擅长外科手术，他能用麻沸散麻醉病人进行手术，这在当时为全世界首创。华佗、董奉、张仲景被称为"建安三神医"。

你言我语

好奇兔：这五禽戏，是跟咱林子里的朋友们学来的嘛！

多思猫：是啊，简单说，就是常活动。出出汗，不是什么坏事。

好奇兔：咱俩最需要活动，老待在屋里不行。

嘉言善行

晚饭后和爸爸妈妈散步吧。

第23课　猪八戒吃饭

nà táng sēng yí juàn jīng hái wèi wán　tā yǐ wǔ liù wǎn guò
那 唐 僧 一 卷 经 还 未 完，他 已 五 六 碗 过
shǒu le　rán hòu què cái tóng jǔ zhù　yì qí chī zhāi　dāi zi
手①了，然 后 却 才 同 举 箸②，一 齐 吃 斋③。呆 子
bú lùn mǐ fàn miàn fàn　guǒ pǐn xián shí　zhǐ qíng yì lāo luàn chuáng
不 论 米 饭 面 饭，果 品 闲 食，只 情 一 捞 乱 噇④，
kǒu lǐ hái rǎng　tiān fàn　tiān fàn　jiàn jiàn bú jiàn lái le　xíng
口 里 还 嚷："添 饭，添 饭！"渐 渐 不 见 来 了！行
zhě jiào dào　xián dì　shǎo chī xiē ba
者 叫 道："贤 弟，少 吃 些 罢。"

wú chéng ēn　xī yóu jì
——吴 承 恩《西 游 记》

注释

① 过手：经手、到手。② 箸（zhù）：筷子。③ 斋：一般称和尚吃的素食。
④ 一捞乱噇（chuáng）：噇，没有节制地吃喝。大吃大喝。

字字珠玑

金文饭字左部为食，表示食物，右边反符，有用手反复加
工的意思。食物有生熟之分，生食较简单很少加工，熟食
就要上灶麻烦一些。饭字本义指加工煮熟的食物。

金文	小篆	简书	隶书	楷书
𩚫	䬼	飯	飯	饭

经典链接

《西游记》是明代吴承恩创作的一部长篇神话小说。孙悟空的机智勇敢，猪八戒的贪吃懒惰，沙和尚的忠厚老实，师父唐僧的一心向佛，都给人们留下了深刻的印象。

你言我语

好奇兔：猪八戒贪吃，那是有名的。

多思猫：我因为吃东西少，都拿我来比喻吃得少的人，说那是"吃猫食"。

好奇兔：嘻嘻。咱俩都不是贪吃之人。

嘉言善行

从今天晚上开始，要好好吃饭，不能吃不饱，但也不能吃得过饱。把这个道理与爸爸妈妈分享一下。

第24课 林黛玉睡觉

那宝玉正恐黛玉饭后贪眠①，一时存了食②，或夜间走了困③，皆非保养身体之法；幸而宝钗走来，大家谈笑，那黛玉方不欲睡，自己才放了心。

——曹雪芹《红楼梦》

注释

① 贪眠：贪图睡眠。② 存了食：食物存在胃里不消化。③ 走了困：失眠。

字字珠玑

身 最初的身字，挺起的大肚子特别醒目，肚子里或加点画，或加子符，都是表示肚子里有东西。身字本义指腹部隆起，即怀孕。

甲骨文	金文	小篆	隶书	楷书

经典链接

《红楼梦》是中国文学史上最伟大也是最复杂的小说，作者曹雪芹。它以贾、王、薛、史四大家族的兴衰为背景，写了贾宝玉、林黛玉、薛宝钗三人之间的爱情悲剧。《红楼梦》是中国封建社会的百科全书，也是世界人民最喜爱的文学作品之一。

你言我语

好奇兔：吃完饭不能马上睡觉。

多思猫：要是夜里再失眠，那就更糟糕了。

好奇兔：所以啊，晚饭后还是活动活动好。

嘉言善行

回家和爸爸妈妈查查资料，看看为什么说林黛玉是个病美人。

第25课 龟虽寿

shén guī suī shòu yóu yǒu jìng shí téng shé chéng wù zhōng
神龟①虽寿，犹有竟时②。腾蛇乘雾③，终
wéi tǔ huī lǎo jì fú lì zhì zài qiān lǐ liè shì mù nián
为土灰④。老骥伏枥⑤，志在千里。烈士暮年⑥，
zhuàng xīn bù yǐ yíng suō zhī qī bú dàn zài tiān yǎng yí zhī
壮 心 不 已⑦。盈 缩 之 期，不 但 在 天⑧。养 怡 之
fú kě dé yǒng nián xìng shèn zhì zāi gē yǐ yǒng zhì
福，可 得 永 年⑨。幸 甚 至 哉，歌 以 咏 志⑩。

cáo cāo guī suī shòu
——曹操《龟虽寿》

注释

① 神龟：传说中的通灵之龟。② 竟时：生命终结之时。③ 腾蛇乘雾：腾蛇，传说中能腾云驾雾的一种神蛇。神蛇能腾云驾雾。④ 终为土灰：最终变成灰和土。⑤ 伏枥（lì）：马在槽里吃食。⑥ 烈士暮年：烈士，有志之士。暮年，老年。有志之士到了晚年。⑦ 不已：不停止。⑧ 盈缩之期，不但在天：盈，长。缩，短。不但，不只是。寿命的长短不只是决定于上天。⑨ 养怡之福，可得永年：养怡，调养身心。永年，长寿。保养身心健康可延年益寿。⑩ 幸甚至哉，歌以咏志：这两句与正文没有关系，合乐时所加。太庆幸了，唱歌以抒发我的志向吧。

字字珠玑

心 篆书心字像人体心脏的样子。心脏是人体的泵血器官，从静脉接受血液并将其压入动脉，从而维持血液在整个循环系统中的流动。心字本义即指心脏。

| 金文 | 小篆 | 简书 | 隶书 | 楷书 |

经典链接

　　龟在古代被人看作是长寿之物，有"龟年鹤寿"的说法。但后来龟蒙上了不好的名声，称人为龟变成了骂人的话，如"缩头乌龟"。从古到今，这个词的意义发生了一定的变化，由褒义变为了贬义。值得一提的是，受古代汉语影响，至今我们仍把"龟"作为长寿的代名词，一般没有贬义的意思。

你言我语

　　好奇兔：这首诗是不是说，人的寿命是有限的，但是注意保养，就能长寿一些？

　　多思猫：大概是这意思，但又不仅仅是这意思。

　　好奇兔：还有什么意思呢？

　　多思猫：它主要说的是，有志的人虽然年老，但志向更高，劲头更大。

嘉言善行

　　回家请长辈说说，他们有哪些养生方法，向他们学习一下吧。

多思猫这样评价自己："我有一个好品质，就是信守诺言，说到做到。"

好奇兔则说："我有一个好品质，就是待人诚实，从不说假话。"

他们俩有很多好朋友，大家有烦恼事情，都愿意找他俩诉说。

图书馆成了集中各种声音的地方。

他俩提出的许多建议都很有参考价值，能够直接影响到老虎大王的一些决策。

第六单元

「言不信者行不果」

1. 人而无信，不知其可也。 ——《论语》

2. 自古皆有死，民无信不立。 ——《论语》

3. 君子义以为质，礼以行之，孙以出之，信以成之。

——《论语》

第26课　杨震怕四知

王密至夜怀金十斤以遗①震。震曰："故人知君②，君不知故人，何也？"密曰："暮夜③无知者。"震曰："天知，神知，我知，子知。何谓无知！"密愧而出。

——范晔《后汉书·杨震传》

① 遗（wèi）：送给。② 故人知君：故人，老朋友。知，知道、了解。老朋友了解你。 ③ 暮夜：夜。

字字珠玑

篆书知字，由矢和口构成。矢符意指和猎取有关，口符指口的活动。古人打猎，常常模仿动物的声音，把动物引诱过来，然后捕获。知为智的本字。知字本义指发出声音，使对方晓得、知会。

金文	小篆	简书	隶书	楷书

经典链接

杨震字伯起，今陕西华阴人，东汉名臣。他博览群书，当时读书人称他为"关西孔子杨伯起"。五十多岁才开始做官，做官时刚正不阿，指陈时弊，为民请命。后因得罪人而被罢官。

你言我语

多思猫：有句谚语说，"若要人不知，除非己莫为"，就是这个意思。

好奇兔：是啊，偷着做坏事不行。

嘉言善行

老师、家长不在身边时，也要同他们在身边一样，做一个认真守礼的好孩子。

第27课 赵柔还金珠

<ruby>赵<rt>zhào</rt></ruby> <ruby>柔<rt>róu</rt></ruby> <ruby>以<rt>yǐ</rt></ruby> <ruby>历<rt>lì</rt></ruby> <ruby>效<rt>xiào</rt></ruby> <ruby>有<rt>yǒu</rt></ruby> <ruby>绩<rt>jì</rt></ruby>①，<ruby>出<rt>chū</rt></ruby> <ruby>为<rt>wéi</rt></ruby> <ruby>河<rt>hé</rt></ruby> <ruby>内<rt>nèi</rt></ruby> <ruby>太<rt>tài</rt></ruby> <ruby>守<rt>shǒu</rt></ruby>②，<ruby>甚<rt>shèn</rt></ruby> <ruby>著<rt>zhù</rt></ruby> <ruby>仁<rt>rén</rt></ruby> <ruby>惠<rt>huì</rt></ruby>③。<ruby>柔<rt>róu</rt></ruby> <ruby>尝<rt>cháng</rt></ruby> <ruby>在<rt>zài</rt></ruby> <ruby>路<rt>lù</rt></ruby> <ruby>得<rt>dé</rt></ruby> <ruby>人<rt>rén</rt></ruby> <ruby>所<rt>suǒ</rt></ruby> <ruby>遗<rt>yí</rt></ruby> <ruby>金<rt>jīn</rt></ruby> <ruby>珠<rt>zhū</rt></ruby> <ruby>一<rt>yí</rt></ruby> <ruby>贯<rt>guàn</rt></ruby>④，<ruby>价<rt>jià</rt></ruby> <ruby>直<rt>zhí</rt></ruby> <ruby>数<rt>shù</rt></ruby> <ruby>百<rt>bǎi</rt></ruby> <ruby>缣<rt>jiān</rt></ruby>⑤，<ruby>柔<rt>róu</rt></ruby> <ruby>呼<rt>hū</rt></ruby> <ruby>主<rt>zhǔ</rt></ruby> <ruby>还<rt>huán</rt></ruby> <ruby>之<rt>zhī</rt></ruby>。

——<ruby>魏<rt>wèi</rt></ruby> <ruby>收<rt>shōu</rt></ruby>《<ruby>魏<rt>wèi</rt></ruby> <ruby>书<rt>shū</rt></ruby>·<ruby>赵<rt>zhào</rt></ruby> <ruby>柔<rt>róu</rt></ruby> <ruby>传<rt>zhuàn</rt></ruby>》

注释

① 历效有绩：历任有功劳。② 出为河内太守：到河内任太守。③ 甚著仁惠：仁爱惠民的风气非常显著。④ 所遗（yí）金珠一贯：遗，遗失。一贯，一串。丢失的一串金珠。⑤ 价直数百缣（jiān）：缣，细绢。价值数百匹细绢。

字字珠玑

仁 仁字由人符和二符组成。人符表示与人有关，二符表示二者，即人与人之间的关系，二符也有等同一样的意思。仁字本义指人与人之间的平等友爱关系。

甲骨文	金文	小篆	隶书	楷书

经典链接

拾金不昧是中华民族的优良传统，也是一个公民良好品质的体现，同时也是一个公民应尽的义务。我国《民法通则》规定"拾得遗失物、漂流物或者失散的饲养动物，应当归还失主"，如果拒不归还，要承担法律责任。

你言我语

好奇兔：这就叫"拾金不昧"吧？

多思猫：对。不是自己的东西，捡到了也不该留。

好奇兔：要是找不到失主呢？

多思猫：那就交给老师吧。

嘉言善行

和爸爸妈妈说，捡到物品一定要交公哟。

第28课　明山宾卖牛

明山宾性笃实[1]，家中尝乏用[2]，货所乘牛[3]。既售受钱[4]，乃谓买主曰[5]："此牛经患漏蹄[6]，治差已久[7]，恐后脱发[8]，无容不相语[9]。"买主遽追取钱[10]。

——姚思廉《梁书·明山宾传》

注释

① 笃实：淳厚朴实；忠诚老实。② 乏用：缺乏家庭应用之物。③ 货所乘牛：货，卖。卖掉自己所骑的牛。④ 既售受钱：已经卖出牛拿到了钱。⑤ 乃谓买主曰：就对买主说。⑥ 此牛经患漏蹄：这牛曾经患过脚病。⑦ 治差（chài）已久：差，同"瘥"，病愈。早已治愈。⑧ 恐后脱发：恐怕后来复发。⑨ 无容不相语（yù）：无容，不允许。不允许我不告诉你。⑩ 买主遽（jù）追取钱：遽，马上。追，追悔，也可解释为追上去。买主马上后悔，不买牛了，并把钱取了回来。

字字珠玑

实　篆书实字由上部宀符和下部贯符组成。宀符表示房屋，贯符有穿贝的意思（贝是古代的钱），古人钱币太多时，为了便于保存，常常用绳子穿起来。实字本义指屋里存有一串一串的钱，即家境富裕。

金文	小篆	隶书	楷书（繁）	楷书

经典链接

"义利之辩"是一个古老又常谈常新的话题。它讨论道德行为（义）与个人利益（利）之间的关系问题。孔子说"不义而富且贵，于我如浮云"。在现实生活中，我们要"见利思义"，反对"见利忘义"，最好能把二者统一起来。

你言我语

好奇兔：这个人好诚实啊，看起来傻乎乎的。

多思猫：他虽然没能把牛卖掉，但老天是不会让他吃亏的。

嘉言善行

从今天起，做一个诚信的好孩子，和爸爸妈妈表一下决心吧。

第29课　华歆讲信用

华歆、王朗①俱乘船避难，有一人欲依附②，歆辄难之③。朗曰："幸尚宽，何为不可？"后贼追至，王欲舍所携人④。歆曰："本所以疑⑤，正为此耳。既已纳其自托⑥，宁可⑦以急相弃邪？"遂携拯⑧如初。

——刘义庆《世说新语·德行》

注释

① 华歆、王朗：华歆，字子鱼，汉末魏初平原高唐人。为官清正，常接济贫苦亲友，生活清苦，家无余财。王朗，字景兴，汉末魏初东海郯人。博学儒雅，为官宽政。② 依附：投靠。③ 辄（zhé）难（nán）之：辄，立即，就。立刻表示为难。④ 舍：舍弃。⑤ 本所以疑：本来犹豫的原因。⑥ 纳其自托：接纳他的请求。⑦ 宁可（nìng kě）：岂可。⑧ 携拯：携带拯救。

字字珠玑

正　甲金文正字，上部为丁符，或作口形，或作●形，指盯着目标。下部的止符，方向朝上目标。正字本义指朝着目标而去，直行，不偏斜。

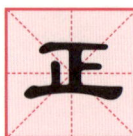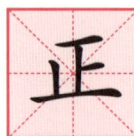

甲骨文　金文　小篆　隶书　楷书

经典链接

《世说新语》是南朝宋刘义庆主持编撰的一部志人小说集。它主要记录了魏晋名士的逸闻趣事，按类编排，分"德行""言语""政事""文学"等36类。鲁迅先生认为它是名士的教科书。看了它，你也许就可以成为一位名人志士了。

你言我语

好奇兔：这个故事说的是，帮人要帮到底，说话要算数。

多思猫：嗯，要讲信用。答应了就要办好，要不就别答应。

嘉言善行

请爸爸妈妈给你讲讲成语"一诺千金"的故事吧，可要认真听啊。

第30课　商鞅

zì gǔ qū mín① zài xìn chéng，yī yán wéi zhòng bǎi jīn qīng。jīn
自古驱民①在信诚，一言为重百金轻。今
rén wèi kě fēi② shāng yāng shāng yāng néng lìng zhèng bì xíng③
人未可非②商鞅，商鞅能令政必行③。
wáng ān shí 《shāng yāng》
——王安石《商鞅》

注释

① 驱民：统治百姓。② 非：否定。③ 政必行：政策、法令实行。

字字珠玑

信

篆书信字由人符和口符（或言符）组成。口（言）符表示开口说话，许诺发誓。人一旦发誓许诺，就要践行。信字本义指说话算数，当真不疑，诚实不欺。

信	信	信	信	信
金文	小篆	简书	隶书	楷书

经典链接

商鞅姓公孙，名鞅，辅佐秦孝公变法取得成效，因为功劳而封于商，所以称商鞅。他是古代著名的改革家。商鞅为了推行新法令，但怕老百姓不相信，于是他在城南门树立了一根三丈长的木头，并说谁要是把木头拿到城北门就给重赏，开始大家都不信，后来他加大了赏赐，终于一胆大之人完成了此事，受到了商鞅的奖赏，商鞅由此取得了人民的信任。

你言我语

多思猫：谁要不讲诚信，迟早会没有朋友。

好奇兔：是啊，像狐狸那样，喜欢耍小聪明，时间一长，大家都躲着他！

嘉言善行

回家把这首诗诵读给爸爸妈妈听，并把故事大意给他们讲讲。

后　记

　　作为一个有着悠久历史和文化的国度，中国自古以来就非常重视教材的编撰工作。古代很多重要蒙学读物都是当时饱读诗书、满腹经纶的大学者担纲选编的。这不仅体现了中华民族对教育的极力重视，也体现了中国知识分子对文化传承与创造的责任担当。随着文明的变迁和社会的转型，民国时期的中小学教材与课外读物的编写得到了进一步的重视，蔡元培、张元济、王云五、顾颉刚、叶圣陶、丰子恺、朱自清等文化名家热情参与了以白话文为语言、以民主科学思想为内容的现代新教材编撰工作。图文并茂、黑白相间、言简意赅、朗朗上口、思想自由、质朴清新的民国中小学教材至今散发着迷人的魅力，让人感慨不已。新中国的中小学教材撷取古今中外的文学经典，有着很强的语言典范性、文学趣味性和现代思想性。但是，由于一考定终身的、僵化的招考机制，文学教育被束缚在应试教育的战车上，存在着现代与传统、文学与语言、思想与情感的割裂问题，传统文学与文化更是被肢解的支离破碎而难以获得文化的整体感，无法实现完整的生命情感教育。

　　正是基于这一文学教育现状，济南市妇女儿童活动中心作为有着丰富教育经验的校外教育单位，多年来从优秀传统文化中汲取精髓，以对教育责任的深入思考，总结提炼出"教天地人事，育生命自觉"的育人理念和"厚德笃学，乐行尚美"的核心价值文化，对少年儿童潜移默化地进行生命自觉教育。2012年，中心建成中华文化体验基地，在少年儿童中广泛推行适合其认知和参与的传统文化体验项目。同时，构建适合儿童身心特点的生命自觉教育体系，着力完善少年儿童世界观、人生观、价值观的双格教育培养。2014年6月，中心组织申报《中华文化体验基地及课程体系建设研究》课题，被华东校外教育研究与发展中心立项为华东区域级重点课题。《中华传统文化校外教材系列丛书》就是这一课题的重要研究成果。本教材旨在通过传统文化知识的学习与传承，引导少年儿童实现人与他人、人与社会、人与自然，尤其是人与自我的和谐健康发展。教材编写过程中，中心坚持高起点定位、高标准推进，组织精干教师力量，与万松浦书院、山东大学、山东师范大学有关专家学者以及中小学、幼儿教育专家联手，组建起一支高层次、大规模的编写团队。茅盾文学奖获得者、著名作家、山东省作协主席、万松浦书院院长张炜先生亲自担任教材编辑委员会主任，全国优秀儿童文学奖获奖者、著名儿童文学作家、出版家刘海栖先生担任教材编辑委员会顾问，为教材编写提出了富有文学想象力和艺术创意的宝贵建议。

具体说来，本丛书教材特色如下：

一、系统性和有序性。按照4～12岁年段循序渐进的原则，全教材构成了严整的、系统的中华传统文化学习体系。计划共计三套12本，其中《中华传统诗文研习》教材6本，《中华传统经典诵读》教材4本，《中华传统艺能体验》教材2本。本丛书实现了从传统经典、传世诗文、传统文化知识到传统文化技艺的整体性学习，从国学经典诵读、诗文吟咏到传统技艺身体力行的听、说、读、写、练的全身心体验式学习。

二、科学性和现代性。本教材以教育部印发的《完善中华优秀传统文化教育指导纲要》为指导，以传承优秀传统文化、践行社会主义核心价值观为根本目标，确保教材内容的科学性和现代性。传统只有活在当下、进行现代性转化，才能与当代社会文化、思想情感、日常生活发生内在的关联，获得内在的生命活力。因此，本教材在传承与弘扬传统文化经典的同时，有意识培养孩子对传统文化的现代性思考意识，促进优秀传统文化的现代转化与发展。

三、参与性和实践性。针对当前传统文化教育中普遍存在的重知识、轻实践的培养倾向，教材编写坚持"知行合一"的原则，以品德培养、行为养成为单元主线，强调通过活动情境和活动方式的设计，凸显儿童传统文化教育的参与性、实践性。让孩子在学习活动参与中和日常生活行为实践中，体验传统文化的丰富内涵，形成正确的人生观、价值观，真正发挥传统文化的育人、化人功能，实现传统文化教育从课堂到家庭与社会、从理论知识到日常实践的知行合一。

四、文学性与趣味性。在山东省作协主席、著名作家张炜先生的策划和著名儿童文学作家、出版家刘海栖先生的指导下，本教材将传统文化教育内容纳入一个整体的童话故事中（主人物为多思猫和好奇兔），并配上原创插图，可谓奇思异想纷呈，妙趣横生。精选的教材内容与个性化插图相得益彰，遵循少年儿童的认知规律，体现出超强的趣味性。

五、权威性与原创性。本教材的经典编选、文化阐释与体例结构的编排，都是由具有中国古典文学、中国古典文献学、中国现当代文学博士学位的学者与从事幼儿、中小学教育的专家教授亲自审定与集体研讨而确定的。从每一个诗文编选到整体的编排设计，乃至每一个课后题、课后故事的链接都是经过专家精心设计的。可谓用心良苦。从某种意义上而言，本教材无论内容还是形式，都有别于一般的儿童传统文化教材，是经过全新编创，有着极高的权威性和原创性。

21世纪的中国正处于一个前所未有的中华文明复兴新时代。文化是一个民族生生不息、繁荣进步的永恒动力。在复兴中华文明、弘扬传统文化的新时代里，《中华传统文化校外教材系列丛书》可谓生逢其时也。本系列教材作为针对少年儿童进行中华优秀传统文化教育的校外教育专用教材，必将发挥其应有的价值。对于这一古往今来极为重要的教材编撰事业而言，尽管我们始终战战兢兢、尽心尽力做好这一事业，但是限于编者的水平及能力，本丛书教材仍存在着不足和局限，恳请诸位大家、教材使用者和广大读者批评指正。我们将在今后的修订中进一步完善。

2016年1月29日

张丽军